Milan Meder

I hate you sweetheart

AF189181

Milan Meder

I hate you sweetheart

Bibliografische Information der Deutschen Nationalbibliothek:
Die Deutsche Nationalbibliothek verzeichnet diese Publikation in der Deutschen Nationalbibliografie; detaillierte bibliografische Daten sind im Internet über http://dnb.dnb.de abrufbar.

Herstellung und Verlag: BoD – Books on Demand, Norderstedt

ISBN: 978-3-7448-8873-8

Johanna

O, mein Gott. Wirklich hier. In Freiburg. Viele Jahre
hatte ich davon geträumt. Endlich auf eigenen Bei-
nen. In meiner Traumstadt studieren! Die Sonne
strahlte. Die ersten Blätter färbten sich. Würde ich
bald den berühmten goldenen Oktober erleben?
Schnell fand ich mich zurecht. Fast jeden Tag fuhr ich
mit dem Fahrrad an der Dreisam bis zur Bibliothek.
Manchmal fuhr ich auch nur zur Pädagogischen
Hochschule in Littenweiler. So auch heute. In die
Mensaschlange reihte ich mich ein. Ich träumte einmal wieder so sehr, dass ich es nicht kommen sah.
Von hinten wurde ich plötzlich heftig angestoßen.
Beinah wäre ich gestürzt.

„Hallo!" wütend wollte ich den jungen Mann zur Re-
chenschaft ziehen, als ich die beiden Machos hinter
ihm entdeckte. Sie machten sich über den jungen
Mann, der wahrscheinlich von ihnen geschubst wor-
den war, lustig. Seine pädagogischen und medizini-
schen Bücher lagen am Boden zerstreut.
Ich half ihm beim Aufsammeln.

„Geht es dir gut?" fragte ich ihn.

„Ja. Danke", sagte er.

Warum mussten diese beiden Machos den armen
jungen Mann piesacken? War ich in eine Mobbings-
zene geraten? Oder wollten die beiden Machos mei-

ne Aufmerksamkeit erreichen? Eine positive Aufmerksamkeit erreichten sie auf jeden Fall nicht. Und leider Gottes wollte der junge Mann schon die Schlange verlassen.

„Hallo, bleib hier. Lass dich nicht verunsichern." Ich wollte ihm direkt neben mir Platz machen.

„Misch dich nicht in fremde Angelegenheiten ein, Kleines", sagte der Arrogantling mit Herablassung. Zu dem gemobbten jungen Mann sagte ich, „stell dich vor mich." Dann drehte ich mich zu den Machos um.

„Zwei gegen einen! So eine Feigheit!" Ich verschränkte die Arme vor der Brust und schaute die beiden Mobber wütend an.

„Du bist ein hübsches Mädchen", sagte der eine gutgelaunt.

„Danke. Und du bist wohl ein schwanzgesteuertes Monster."

So eine Frechheit hatte er nicht erwartet.

„Ich heiße Johannes", mischte sich jetzt der andere ein.

„Schöner Name! Der Name eines Mannes, so auch sein Johannes. Bist du auch so ein Triebmonster?" fragte ich frech.

„Vorsichtig, junge Frau. Du hast ja gar keine Ahnung, wen du gerade geschützt hast. Misch dich nicht in fremde Angelegenheiten", sagte Johannes. Mit funkelnden Augen stellte er sich vor mich hin. Unglaublich… hatte der faszinierende Augen. Innerlich sagte ich „Stopp". Nein, nicht mit diesen Augen verschmelzen. Ich wollte mich auf mein Studium konzentrieren und nicht in die Machenschaften eines Machos geraten.

7 Jahre später

Johannes

Tatsächlich war ich ein Triebmensch. Mit den schönsten Frauen war ich zusammen gewesen. Viel war ich gereist und hatte die wunderbarsten Frauen kennengelernt. In Russland, Japan und Brasilien waren mir die Anmutigsten begegnet.
Wollte ich sie nur erobern? Nein! Tief in meinem Innern wollte ich das triebhafte Wesen überwinden. Deswegen begegnete ich vielleicht meiner größten Herausforderung. Eine Thailänderin! Sie hatte ein wunderschönes Gesicht. Eine Topfigur mit kleinen runden Busen. Knackige Brustwarzen konnte man durch das T-Shirt erahnen. Bei der Vorstellung ihrer nackten Beine und ihres runden Pos wurde mir gleichzeitig heiß und kalt.

„Willst du wirklich eine Beziehung?" wollte ich wissen.

„Du sagst es!" war ihre kurze Antwort.

„Womit hatte ich diese Zuwendung und Offenheit verdient?" fragte ich mich innerlich. Ein treuer Mensch würde ich wohl nie werden.

Nur einmal, vor sieben Jahren, war ich meiner absoluten Traumfrau begegnet. In der Mensa in Littenweiler in Freiburg. Musste sie gerade da in mein Leben platzen, als ich mit meinem Freund Christoph mit einem jungen Mann etwas Wichtiges zu klären hatte. Sie hatte damals den jungen Mann verteidigt und mich mit meiner Triebhaftigkeit bloßgestellt. Wie konnte sie mich so schnell durchschauen?

In ihrem Blick habe ich damals die Unendlichkeit gesehen. Vielleicht das ewige Leben, wenn es so etwas geben sollte.

Ab und zu waren wir uns in den letzten Jahren in Freiburg begegnet. Doch waren wir uns nie näher gekommen. Einmal hatte ihre Freundin Marleen mir gesagt, dass ich aus ihrer Sicht der schlimmste Triebtäter wäre. Ein Mensch ohne Moral und Treue.

Ganz Unrecht hatte sie nicht. Jetzt war ich wieder kurz davor, mich in das nächste leidenschaftliche Abenteuer zu stürzen.

„Du willst also wirklich mit mir schlafen?" Leise Zweifel kamen in mir auf.

„Du sagst es?" war wieder ihre Antwort.

„Warum?"

„Stell nicht so viele Fragen!", sagte sie mit thailändischem Akzent.

Mein letzter Widerstand fiel von mir. Langsam näherte ich mich ihr und entfernte vorsichtig das Kleid von ihren zarten Schultern. Dann ging es sehr schnell. Wir zogen unsere letzten Hüllen aus und fielen übereinander her. Wie ein Magnet waren wir ineinander gefesselt. Ich geriet in einen starken Strudel und als der Wasserfall aus großer Höhe auf den Boden aufschlug, war das Abenteuer vorbei.

Zurück blieb Ernüchterung und Leere. Mein Trieb hatte mich also wieder einmal regiert.

Lächelnd sah mich die Thailänderin an. In ihrem Blick war Klarheit. Hatte sie schon vorher gewusst, dass es sich zwischen uns um eine einmalige Begegnung handeln sollte?

Johanna

Warum ist das Leben so hart? Warum musste ich so viele Tränen weinen, um mit meiner Diplomarbeit fertig zu werden. Musste es unbedingt eine 1 sein? Ich hätte mich doch auch mit weniger zufrieden geben können.

Gut, dass mein Freund ein dickes Fell hatte. Dafür war ich ihm zutiefst dankbar. Dankbarkeit, Vertrauen und Liebe spürte ich in mir. Endlich frei! Das Diplom in der Tasche! Wir werden ein Haus kaufen, Kinder kriegen und in meinem Leben wird weiterhin alles aufwärts gehen.

Das sagte mein Kopf. Was sagte mein Herz? War es wirklich Liebe? Oder nur die Vernunft?

Mein Freund war immer gut zu mir. Er wollte das Beste für mich. Für uns.

Ich wollte ein Kind. Von ihm? Mit ihm?

Ich spürte einen Widerstand! In mir? Vielleicht in ihm?

Nur einmal war ich ganz sicher in meinem Leben. Ein Augenblick! In der Mensa in Littenweiler. Da war dieser Johannes. Und doch wusste ich genau, dass es nichts Verabscheuungswürdigeres als diesen Macho und Triebtäter gab.

Doch hatte ich in seinen Augen etwas gesehen. Ein goldenes Band! Eine goldene Kugel, einen Regenbogen ins Jenseits?

Nein, das konnte und durfte nicht sein. Ich hasste diesen Mann. Auch bei den weiteren Begegnungen in Freiburg hatte meine Antipathie sich nicht aufgelöst.

Johannes

Am 8. Mai fand die peinlichste aller Wiederbegegnungen statt. In einer überfüllten Kirche in dem kleinen Örtchen Neuenkirchen sah ich sie wieder. Ihr langes, offenes Haar faszinierte mich.

Als die Taufe vorbei war, begegnete ich ihr mit ihrer Mutter. Es war tatsächlich Johanna. Ihre Mutter hatte mich sofort ins Herz geschlossen. Wir unterhielten

uns über Gott und die Welt und verstanden uns
prächtig.

Die Taufgesellschaft machte es sich in einem großen
Bauernhaus gemütlich. Ich ging dort fast täglich ein
und aus, half manchmal im Kuhstall und spielte mit
den vier Bauernkindern. Die Bäuerin hatte mir er-
laubt, ein kleines Wald Tipi zu bauen. Als Johannas
Mutter das Tipi entdeckt hatte, wollte sie es näher
inspizieren. Ich zeigte es ihr. Johanna, die ihre Mutter
auf Schritt und Tritt begleitete, strahlte ihre kühlste
Art aus. Mit perfekt inszenierter Distanz folgte sie der
lebendigen Unterhaltung zwischen ihrer Mutter und
mir. Sie wich keinen Zentimeter zurück, obwohl zwischen uns eine eisige Kälte herrschte.

Die Mutter merkte von alledem nichts. Immer mehr
schloss sie mich in ihr mütterliches Herz.

Beim Kaffeetrinken war insgesamt eine heitere und
ausgelassene Stimmung. Langsam ließ sich Johanna
mitreißen.

Johanna

Innerlich war ich wie erstarrt, als ich ihn wiedersah.
Besonders schmerzte mich die offene Art meiner
Mutter ihm gegenüber. Nahm sie sein machohaftes
Auftreten gar nicht wahr? Warum ließ sie sich von
dem Arrogantling um den Finger wickeln?

Am peinlichsten war, dass die Sympathie zwischen
Johannes und meiner Mutter mich gar nicht kalt ließ.
Innerlich kämpfte ich mit meiner professionellen

Kaltblütigkeit. Hoffentlich merkte niemand, dass mein Herz schneller zu schlagen begann.

Warum war ich mit meiner Mutter so eng verbunden? Warum konnte ich mein Gefühlsleben nicht besser abgrenzen?

Ich hatte mir doch damals in der Mensa ein definitives Urteil gemacht. Nur über meine Leiche würde ich irgendetwas aufweichen lassen.

Dieser Typ war für mich gestorben. Und doch zeigte sich in mir ein nicht aufhaltbarer Widerstreit. Ich hatte meine Empfindungen einfach nicht im Griff. Die ausgelassene Stimmung, der warme Ofen, der angenehme Kaffeegeruch und der leckere Käsekuchen taten ihren Teil. Obwohl ich kalt sein wollte, schlich sich ein Gefühl der Wärme in mein Herz.

Glücklicherweise verschwand Johannes nach dem Kaffeetrinken im Kuhstall.

Mühsam stellte sich meine Fassade wieder ein. Kaltblütig unterdrückte ich alle aufsteigenden Gefühle von Innigkeit und Wärme.

Johannes

Endlich im Kuhstall. In der guten Stube war mir einfach zu warm geworden. Johannas abweisende Art hatte mich gereizt. Ihre Mutter war mir sehr sympathisch. „Der Apfel fällt nicht weit vom Stamm", dachte ich. Warum musste meine Leidenschaft für das scheinbar Unerreichbare erwachen?

Das Gefühlsleben war viel zu anstrengend.

Ich wollte mich gerade im Stall austoben, als sich die Stalltüre öffnete und Johanna eintrat.

„Willst du mit mir auf einen Spaziergang kommen und etwas frische Luft schnappen?" fragte sie mich.

Damit hatte ich nicht gerechnet. Hatte Johanna etwa doch kein Herz aus Eis?

Johanna

Ich konnte die Gefühle nicht alle wegdrücken. Also blieb mir nur noch eine Möglichkeit. Ich wollte mir im Gespräch meine alte Kaltblütigkeit erarbeiten und wieder meinen festen Standpunkt ihm gegenüber finden.

Ich hatte eine feste Partnerschaft, wollte nach meinem erfolgreichen Diplomabschluss jetzt so schnell wie möglich meinen Partner heiraten und mit ihm Kinder kriegen und großziehen.

Warum war mein Partner nicht hier? Warum hatte meine Mutter ihn noch nicht kennengelernt?

Da kommt dieser Johannes dazwischen und versteht sich mit meiner Mutter wunderbar.

Meine einzige und letzte Möglichkeit: ich musste in den verbalen Kampf.

Johannes hatte sich zu tief in mein Innerstes begeben. Ich würde ihn jetzt wieder herauswerfen. Ein Spaziergang unter vier Augen, ein distanzierendes Gespräch und der alte Hass würden sich wieder einstellen.

Johannes

„Wo wollen wir hingehen", fragte ich.

„Wohin du willst", antwortete sie. „Eine Stunde haben wir Zeit. Ich werde dann mit meiner Mutter zu meinem alten Elternhaus fahren."

Nur eine Stunde! Das war wenig Zeit. Mein Herz hatte Feuer gefangen. Konnte ich meine Gefühle überhaupt ernst nehmen? Was war mit meiner brasilianischen Freundin? Zählte unsere Verlobung nicht mehr? Was war mit den Heiratsplänen? War ich überhaupt bindungsfähig?

„Darf ich deine Hand nehmen?" fragte ich Johanna.

Johanna

Johannes hatte mich überrumpelt. Seine Hand fühlte sich weich und warm an. Sie strahlte eine Ruhe und Sicherheit aus.

Nein! Das durfte nicht sein. Ich war im Begriff fremdzugehen. Wie sollte ich das meinem Freund erklären? Magisch strömte die Wärme durch meinen Körper. Mein ganzes Eis schmolz dahin.

„Hast du eigentlich eine Beziehung?", wollte Johannes von mir wissen.

„Ja, habe ich. Wir haben schon Heiratspläne", sagte ich, innerlich um meine Partnerschaft ringend. Ich wollte mich abgrenzen und meine Hand aus seiner herausziehen.

14

Er drückte nicht fest, aber bestimmt. Damit erlosch mein Widerstand. Sein Händedruck tat unendlich gut. So etwas hatte ich noch nie gefühlt. Woran lag das? Liebte ich meinen Freund nicht mehr?

Das Miteinanderschlafen war in letzter Zeit immer schön gewesen. Alles stimmte! Oft hatte er mich lange in seinen Armen gehalten und ich war tief und entspannt eingeschlafen.

Was war los mit mir?

„Wie lange seid ihr schon zusammen?" wollte Johannes wissen.

„Drei Jahre."

„Und dann denkt ihr schon an Heiraten und Kinderkriegen?"

„Ja. Warum sollten wir nicht?" fragte ich etwas verunsichert.

In seiner Stimme klang warme Bestimmtheit.

Plötzlich war ich mir über meine Beziehung nicht mehr sicher.

„Habt ihr euch von Anfang an vertraut?"

„Nein. Das Vertrauen und die Liebe sind langsam gewachsen", antwortete ich.

Warum war er so direkt? Ich fühlte mich wie ein offenes Buch. Alles konnte er lesen.

Johannes

Der Spaziergang tat gut. Johannas Hand fühlte sich weich und warm an.

Ich wollte mehr! Noch nie hatte ich einen Menschen so gewollt.

Wollte ich sie nur erobern und dann fallenlassen?
Nein, da war mehr. Zum ersten Mal? Vielleicht klingt
das romantisch und doch war es so.

Obwohl ich mit meiner brasilianischen Freundin an
einen verbindlichen Punkt gekommen war und wir
schon Heiratspläne geschmiedet hatten, war ich mir
sicher, dass ich sie niemals heiraten würde.

„Du trägst einen Ring", stellte Johanna fest.

„Ja, ich bin verlobt", gab ich ehrlicherweise zu.

„Wann wollt ihr heiraten?"

„Im Oktober."

Johannas Gesicht verfinsterte sich. Mir wurde kalt.
Obwohl wir uns noch an den Händen hielten, ver-
spürte ich ein Einsamkeitsgefühl in mir aufkommen.
Welcher Abgrund tat sich da gerade auf?

Um wieder Nähe aufzubauen, erzählte ich Johanna
meinen neuesten Entschluss.

„Ich will sie gar nicht heiraten. Irgendwie beengt mich
die Beziehung."

Johanna

Warum war ich erleichtert? War ich auf seine Freundin eifersüchtig? Noch nie hatte ich dieses nagende
Gefühl erlebt.

Entschieden löste ich meine Hand aus seiner.

„Mir geht das zwischen uns alles viel zu schnell", sagte ich aufgebracht.

„Was meinst du damit?" fragte er verwundert.

„Mein Kopf sagt mir, dass wir in festen Beziehungen
sind und dass alles so bleiben sollte."

„Ich wollte nur sagen, dass ich mir über meine Beziehung nicht so sicher bin. Meine Freundin ist viel zu jung für mich. Sie klammert zu sehr. Eine Heirat würde es bestimmt noch schlimmer machen."

„Bist du sicher?" wollte ich wissen. „Eine lebenslange Bindung kann doch auch Sicherheit und Vertrauen bilden. In dieser Sicherheit kann man sich frei fühlen."

„Du verstehst mich nicht", antwortete er schnell und ergriff wieder meine Hand.

„Ich werde meine Beziehung beenden. Auch du könntest deine Beziehung überdenken", sagte Johannes mit Nachdruck.

„Warum sollte ich?"

„Das ist doch offensichtlich."

Seine Worte verwirrten mich. Er wollte mit seiner Freundin Schluss machen. Wegen mir?

Was hatte er an meiner Beziehung auszusetzen?

Johannes

Innerlich brannte ich lichterloh. Ich war bis über beide Ohren verliebt.

Das hatte ich noch nie erlebt. Lag es an der Unerreichbarkeit meines Ziels?

„Ich muss jetzt zu meiner Mutter", sagte Johanna.

„Wir erwarten heute noch meinen Freund. Meine Eltern wollen ihn endlich kennenlernen."

Warum war ich so unendlich enttäuscht? Hatte sie mir Gefühle vorgegaukelt? Wollte sie mich quälen?

Hatte sie meine brennenden Gefühle nicht verstanden?

Vielleicht ahnte sie etwas von meinem Innenleben. Ihre Stimme wurde weicher und sie sagte: „Er reist morgen schon wieder ab. Übermorgen kannst du mich besuchen kommen."

Mein Herz begann zu rasen. Gab es eine Chance für mich?

Zwei Tage später

Johanna

Wir setzten uns gemütlich auf das Sofa meiner Eltern und genossen das Kaminfeuer. Lange schauten wir in das kleiner werdende Feuer und fühlten die Wärme der Glut.

In mir war auch eine Glut.

Mit meinem Freund hatte ich nichts davon gespürt, aber jetzt wurde mir innerlich und äußerlich angenehm warm.

War ich in Johannes verliebt?

Hatte ich mir die letzten Jahre etwas vorgemacht?

Hatte ich mir die Liebe eingeredet? Eine fixe Idee?

Den Diplomabschluss und dann ein Haus!

Das Bild war klar gewesen. Aber irgendwie war es seelenlos. Mein Freund war innerlich weit weg.

Johannes strahlte mich ruhig und entspannt an. Das Feuer, die Glut, Johannes….

Es stimmte einfach alles.

Nachdem wir unsere finnische Sauna im Garten genossen hatten, lud ich ihn zum Übernachten ein. Ich

machte ihm ein Bett, legte mich auf eine nicht allzu
weit entfernte Matratze und wünschte ihm eine gute
Nacht.

Johannes

Die letzten Stunden waren wie ein Traum verflogen.
Die Sauna war wunderbar gewesen. Jetzt lag ich in
der Nähe der Frau, mit der ich für immer alles teilen
wollte. Zum ersten Mal sagte ich bedingungslos ja.
„Willst du zu mir kommen?" fragte sie. Keine Sekunde später lag ich bei ihr und streichelte vorsichtig ihre
Schulter und ihren Rücken. Mehr traute ich mich
nicht.
Stundenlang lagen wir so. Vor Glück konnte ich nicht
einschlafen.

Johanna

Am nächsten Morgen fuhr ich mit meiner Mutter
nach Süddeutschland. Wir wollten uns von einer guten Freundin verabschieden. Sie hatte Krebs im Endstadium.
Danach fuhr ich zu meinem Freund. Ein klärendes
Gespräch stand an.
Noch waren innerlich bei mir alle Türen offen. Glücklicherweise hatte mich Johannes in der Nacht nicht
bedrängt. Damit war ich nicht in einen Gewissenskonflikt geraten.
Mein Freund wirkte angespannt.

„Du siehst so glücklich aus", begann er zu sprechen.

„Ja, ich bin verliebt", sagte ich spontan.

„In wen?"

„In Johannes."

„Wer ist Johannes?"

„Ein alter Bekannter. Vor deinem Besuch bin ich ihm bei einer Taufe wiederbegegnet. Gestern hat er bei mir übernachtet."

„Glaubst du nicht, dass du etwas zu schnell vorgehst?" fragte er in einem unüberhörbar gekränkten Ton.

„Nein. Ich folge meinem Herzen. Ich bin verliebt", sagte ich selbstbewusst.

„Das hast du schon einmal gesagt. Ich bin nicht schwerhörig. Wie wollen wir jetzt weiter vorgehen?"

„Noch ist der Zug zwischen uns nicht abgefahren. Noch bin ich offen für dich."

„Was soll das? Du bist verliebt, aber noch offen für mich? Ich stelle mir eine Beziehung etwas ernsthafter vor. Ich wollte mit dir ein Haus kaufen, dich heiraten und Kinder kriegen. Wie stellst du dir das vor?" Sein Ton war hart und verbittert. Langsam kamen mir die Tränen. Ich wollte für unsere Beziehung kämpfen. Das Verliebtheitsgefühl zu Johannes würde schon wieder verschwinden.

Mein Freund wurde jedoch immer gröber, verletzender und eifersüchtiger.

Da klingelte das Telefon.

Johannes war am Apparat. Er war in meiner Nähe. Er wollte mich sehen.

Schnell trocknete ich meine Tränen ab und sprang erleichtert ins Auto, um Johannes zu sehen.

Johannes

Es war an einem heißen Sommertag. Wir bestellten uns ein Eis und unterhielten uns über Gott und die Welt.
Die Stimmung war ausgelassen.
Das Eis lutschend entschieden wir uns für einen Spaziergang. An einem Fluss angekommen, zogen wir uns aus. In Unterwäsche sprangen wir in die kühlen Fluten. Danach umarmten wir uns.
„Wie läuft es mit deiner brasilianischen Freundin?" wollte Johanna wissen.
„Da läuft gar nichts mehr. Telefonisch hätte sie die Beendigung der Beziehung nicht akzeptiert. Also bin ich zu ihr gefahren und habe ihr mitgeteilt, dass ich mich verliebt habe."
„Wie hat sie es aufgenommen?"
„Relativ gelassen. Ich glaube, sie hatte einen sechsten Sinn. Sie tat zumindest so, als ob sie schon etwas gewusst hätte."
„Bei mir ist es nicht ganz so einfach", sagte Johanna leicht verunsichert.
„Was willst du damit sagen?" fragte ich enttäuscht.
„Naja, es ist noch nicht entschieden. Mein Freund kämpft um mich und ich habe noch keine endgültige Entscheidung getroffen."
Wir kamen langsam zu unseren Autos. Der Abschied stand bevor.
„Ich will dich nicht verletzen, Johannes. Aber, es geht alles viel zu schnell. Ich brauche jetzt erst einmal Zeit für mich, um mit meinen Gefühlen klarzukommen. Mehr kann ich dir nicht sagen. Es tut mir leid."

Bei der Verabschiedung ließ ich mir meine Enttäu-
schung nicht anmerken. Ich umarmte sie kurz und
stieg in mein Auto. Der Schmerz zerriss mir fast die
Brust.

Zum ersten Mal im Leben war ich auf mich gestellt.
Ich hatte mit meiner brasilianischen Freundin Schluss
gemacht und jetzt vielleicht einen Korb von Johanna
bekommen.

Immer hatte ich alles erreicht. Jede Frau war meinem
Charme erlegen. Warum nicht Johanna?

Wenn ich um sie kämpfen würde, dann würde ich sie
noch mehr in den Konflikt zwischen mir und ihrem
Freund bringen. Das wollte ich nicht. Ich wollte los-
lassen. Ich wollte verzichten lernen. Wie macht man
das?

Kurzerhand meldete ich mich auf einen Workshop zur
inneren Transformation an. Das Motto war: Du bist,
was du isst." Fasten und Lichtnahrung war das The-
ma. Also, learning by doing....

Nach 16 Tagen Nahrungslosigkeit meldete sich Johanna bei mir.

Johanna

Mein Freund war immer noch in seiner Kränkung.
Was sollte ich machen?

Es war spät am Abend. In unserem Konflikt kamen
wir nicht weiter. Mein Herz hing an Johannes. Das
spürte mein Freund.

Also, ich machte gute Miene zum bösen Spiel und
legte mich schlafen.

Am nächsten Morgen würde ich meine Sachen packen und ihn für immer verlassen. Ich würde die nächsten zwei Wochen auf ein Selbstfindungsseminar gehen. Dort würde ich nach meiner inneren Ruhe Ausschau halten und meine Verliebtheitsgefühle hinterfragen.

16 Tage später

Johannes

Ich hatte Johanna völlig losgelassen. Hatte ich meinen klammernden und egoistischen Trieb überwunden? Es fühlte sich so an.
Die Nahrungslosigkeit hatte meine Sinne geschärft.
Meine Verliebtheit hatte sich beruhigt.
Da kam ihr Anruf.
„Johannes, ich habe mich entschieden. Ich möchte dich besuchen", hatte sie am Telefon gesagt.
Ein tiefes Glücksgefühl ergriff mich.
„Ich freue mich. Wann wirst du bei mir sein?"
„In fünf Stunden, wenn ich im Schnitt 150 fahre. Schneller kann mein kleiner Flitzer nicht."
„Ich warte auf dich."
Trotz Nahrungslosigkeit war ich voller Energie.

Johanna

„Du siehst abgemagert aus. Bist du krank?" wollte ich von ihm wissen.

„Nein. Ich stelle meinen Organismus gerade auf Lichtnahrung um."

„Ich glaube, du spinnst. Du solltest nicht abheben. Ich möchte mit dir Kinder kriegen."

So viel Direktheit hatte ich nicht erwartet. Irgendwann wollte ich natürlich auch Kinder haben. Aber jetzt?

Wir kannten uns ja gar nicht richtig.

„Johannes, du zögerst. Liebst du mich nicht?"

„Johanna, ich bin unglaublich verliebt. Du bist mein Sonnenschein."

„Wollen wir Kinder? Wann wollen wir Kinder?"

„Johanna, jetzt, in drei Monaten oder in drei Jahren. Du entscheidest."

„Das hört sich gut an. Lass uns in die Sauna fahren und tanzen gehen."

Johannes

Die Sauna war anstrengend. Mein Kreislauf machte einfach nicht mehr mit. Nach sechs Saunagängen hätte ich mich am liebsten einfach ins Bett gelegt. Johanna wollte aber noch tanzen gehen. Also tanzten wir bis in die Nacht.

Völlig erschöpft kamen wir bei mir an. Ich ließ mich ins Bett fallen. Fast ohnmächtig fiel ich in einen tranceähnlichen Schlaf.

Irgendwann fühlte ich Johannas geschmeidigen Körper an mir.

Ich erinnerte mich an unsere erste Nacht in ihrem Elternhaus. Eine Erregungswelle durchpulste mich.

Johanna reagierte auf alle meine Berührungen mit einer unglaublichen Zärtlichkeit.

Mit unserem Schmusen kamen wir aber nicht weit. Die Anstrengungen der Saunagänge und die letzten Tage lähmten meine Glieder. Ich schlief wieder ein. Irgendwann erwachte ich. Es war stockdunkel. Alles fühlte sich kalt an. Einsamkeitsgefühle kamen auf.

Wo war Johanna?

„Johanna, wo bist du?"

„Ich bin im Bad. Ich komme gleich."

„Warst du lange weg? Auf einmal fühlte sich alles so kalt und einsam an."

„Nein. Ich war nicht lange weg. Für mich fühlte es sich auch für einen Moment trostlos an. Liebst du mich? Du bist so schlapp", sagte sie etwas gekränkt.

„Ich liebe dich über alles."

Sie zeigte mir ihre Brust. Sie war mit Schokocreme beschmiert.

„Willst du deine Fastenzeit nicht beenden?" fragte sie.

„Ja."

Die Süße ergriff mich. In Sekundenschnelle hatte der Zucker mein Gehirn belebt. Es gab kein Halten mehr. Wir überschritten gemeinsam den „point of no return".

Oft hatte ich mich danach leer und ausgelaugt gefühlt. Jetzt war es anders.

Ich wusste, dass Johanna schwanger war.

Johanna

Würde ich ein Kind bekommen? Mit Johannes? Ich
erinnerte mich an unsere erste Begegnung. Schon
damals war sein Blick in das tiefste Innere meines
Herzens gegangen.
Waren wir für einander bestimmt? Gab es überhaupt
so etwas?
Leider gab es noch einen Haken.
„Johannes, warum habt ihr damals in der Mensa den
jungen Mann gequält?"
„Johanna, das ist eine lange Geschichte. Mein Freund
und ich mussten ihm eine kleine Lektion erteilen. Wir
haben ihn nicht gemobbt. Wir haben ihm nur sein
Verhalten gespiegelt. Immer wieder hatte er in Freiburg junge Frauen gequält und sie missbraucht."
Woher wusstest du das?"
„Wir haben es einmal auf einer Party beobachtet."
„Warum haben die Frauen nicht Anzeige erstattet?"
wollte Johanna wissen.
„Seine Vorgehensweise war unglaublich subtil und
manipulativ. Der erste Gerichtsprozess wurde fallen-
gelassen."
„Woher weißt du das so genau?"
Dieser junge Mann war ein Medizinstudent so wie
ich. An der Pädagogischen Hochschule suchte er sich
meistens sein Opfer. Er kannte sich mit pharmakolo-
gischen Substanzen sehr gut aus. Seinen Opfern
mischte er immer etwas in ihre Drinks. Wie gesagt,
einmal konnten wir es beobachten. Wir wollten ihm
in der Mensa eine Grenze setzen. Da kamst du dazwischen. Glücklicherweise bist du nicht in seine Fän-

gen geraten. Wenn ich dir damals die wahre Geschichte erzählt hätte, hätte ich dich wahrscheinlich direkt in seine Arme getrieben. Dein erster Eindruck von mir war ja nicht besonders gut."

„Und ich dachte tatsächlich, du bist ein klassischer Mobber. Es tut mir leid.

Johannes, was meinst du. War dieser Medizinstudent seelisch krank?"

„Ja, vielleicht. Aber, was viel schlimmer ist, er hatte überhaupt kein Gespür für Grenzen. Einige Jahre später wurde er verurteilt und hat eine lange Haftstrafe bekommen."

„Johannes, warum gibt es so viele böse Triebtäter?"

„Ich denke, Opfer werden oft zu Tätern. Unreflektiertes Leid kann in Aggressivität umschlagen. Darüber hinaus beobachte ich viele junge Menschen ohne Gewissen, ohne Glauben an die Schicksalsprüfungen. Sie glauben nicht an den Geist."

„Und dann werden sie zu Tätern."

„Ja. Überall existiert das Gesetz von Ursache und Wirkung. Es gibt keine Grenze zwischen Leben und Tod. Ein böser Mensch wird in seinem nächsten Leben wieder eine Tendenz zu bösen Taten haben."

„Bist du sicher. Gibt es keine Entwicklung?"

„Es gibt Entwicklung. Aber, das ist harte Arbeit. In erster Linie ist das Anerkennen des Geistes wichtig."

„Johannes, bekommen wir ein Kind? Bist du dir sicher?"

„Ja. Ich spüre schon jetzt die Anwesenheit von unserem Kind."